Nous remercions le Conseil des Arts du Canada,
le ministère du Patrimoine canadien et la SODEC
de l'aide accordée à notre programme de publication.

Le Conseil des Arts | The Canada Council
DU CANADA | FOR THE ARTS
DEPUIS 1957 | SINCE 1957

Patrimoine   Canadian
canadien   Heritage

SODEC
Québec ⠶

Illustration de la couverture
et illustrations intérieures:
Sampar

Édition électronique:
Infographie DN

DANGER

LE
PHOTOCOPILLAGE
TUE LE LIVRE

Dépôt légal: 1er trimestre 2001
Bibliothèque nationale du Canada
Bibliothèque nationale du Québec

1234567890 AGMV 054321

Verrue-Lente, consultante en maléfices

COLLECTION
PAPILLON

DE LA MÊME AUTEURE
AUX ÉDITIONS PIERRE TISSEYRE

Collection Conquêtes
Zoé entre deux eaux, 1991
La vie en roux de Rémi Roux, 1992
Double vie, 1993
L'invité du hasard, 1994
Tout commença par la mort d'un chat, 1996

Collection Papillon
La ruelle effrayante, 1990

Collection Sésame
Le grand sauvetage, 1998

CHEZ D'AUTRES ÉDITEURS

Tranches de petite vie chez les Painchaud,
    Éditions de la Paix, 2001
Le tunnel, Hurtubise HMH, 1997
Émilie la mouche à fruits,
    Éditions Michel Quintin, 1990
Une course contre la montre, Fides, 1990
Le cas Lembour, Maison des mots, 1984
L'amant de Dieu, Éditions La Presse, 1979

Données de catalogage avant publication (Canada)

Daignault, Claire

    Verrue-Lente, consultante en maléfices

    (Collection Papillon ; 78)
    Pour les jeunes de 8 ans et plus.

    ISBN 2-89051-796-9

    1. Titre II. Collection : Collection Papillon (Éditions
    Pierre Tisseyre) ; 78.

PS8557.A445V47 2001   jC843'.6   C2001-940063-2
PS9557.A445V47 2001
PZ23.D34Ve 2001

Verrue-Lente, consultante en maléfices

nouvelles

Claire Daignault

**ÉDITIONS
PIERRE TISSEYRE**

5757, rue Cypihot, Saint-Laurent (Québec) H4S 1R3
Téléphone : (514) 334-2690 – Télécopieur : (514) 334-8395
Courriel : ed.tisseyre@erpi.com

Les jumeaux rivaux

*À Mélanie, Valérie
et François,
avec mes plus beaux
abracadabra…*

D'un doigt crochu, Verrue-Lente parcourt les pages jaunies de son grimoire.

— Bon, bon, bon, répète-t-elle, attentive. Crotte de marmotte, croupion de morpion, luette de belette, orgelet de goret. En aérosol : pet de mouffette, rot de chameau, haleine de cheval. Pour finir – en plus des substances de base, bien entendu –, un petit cor de mille-pattes, une babine de babouin et une once de cire d'oreille d'hippopotame.

Verrue-Lente gratte son menton pointu et pousse un sifflement aigu.

— Sssshhhiiiiiiii...! C'est plus que de la poudre de perlimpinpin, mon lapin. Ça va coûter une galette, je vous préviens. Pour réunir ces ingrédients, il me faudra courir les bois, les bas-fonds, les buffets froids, alouette ! Et mon balai n'est plus ce qu'il était.

— M'en fiche ! Vous irez en vadrouille ou en tapis volant ! déclare son interlocuteur insolent, le prince Valdera.

— Pourquoi pas en canne à pêche ! s'indigne Verrue-Lente. Les traditions, ça se respecte, vous savez !

— Ce que je sais, reprend Valdera, c'est que le tournoi de quilles du royaume a lieu dans deux semaines. La princesse Anémone y assistera et je veux l'impressionner. Il me faut donc gagner ledit tournoi, c'est-à-dire vaincre mon frère jumeau, le prince Valderi.

— La belle affaire..., râle la sorcière, les yeux en l'air.

D'un ton tranchant, Valdera ordonne :

— Vous avez exactement quatorze jours pour procéder.

Sur ce, il tourne les talons et prend congé, sans saluer.

— Sale caractère ! grogne la sorcière. Décidément, j'aurais dû adhérer au Syndicat de la forêt hantée, soupire-t-elle en caressant son chat Escogriffe, occupé à se lécher un coussinet à saveur de mulot pas frais.

Quatorze jours plus tard, le prince Valdera frappe à l'huis de Verrue-Lente. Les gonds tremblent.

— Mille lancettes de serpents à sonnette, vous voulez mettre ma porte en miettes ! s'écrie la sorcière.

Valdera ouvre à la volée et entre avec ses bottes crottées.

— Vous êtes un malappris ! vitupère Verrue-Lente. *(Elle venait de passer le balai – pas étonnant qu'il soit usé…)*

— Vous êtes une sorcière ! riposte Valdera.

Verrue-Lente est un brin déroutée.

— Avez-vous les philtres ? poursuit son client impatient.

— Dites donc, j'ai connu des dragons plus folichons, jaspine la sorcière. Évidemment que je les ai, vos potions. J'ai ma réputation !

Elle trottine jusqu'à une armoire mystérieuse et en extrait deux fioles douteuses.

— Une goutte de ceci dans les trous de la boule de quille, deux jets de cela dans les souliers, et la victoire sera à vous.

— Vaut mieux ! avertit Valdera.

Verrue-Lente hausse son épaule bossue et tend sa main décharnée.

— Deux sacs d'or. Un pour ma peine et un d'extra, précise-t-elle.

— Un d'extra ! s'exclame Valdera.

— Un d'extra, confirme la sorcière.

Avec une moue méprisante, le prince pingre flanque un seul sac sur la table, avant de fendre la poussière.

— Que la peste soit des prétendants radins et pédants ! grince Verrue-Lente. Par tous les foutus farfadets, à celui-ci, je lui enseignerai

les bonnes manières, prophétise-
t-elle en décochant une chiquenaude
sur son dernier chicot en bouche.

Au milieu de la salle de quilles, au
son d'un tambourin, un crieur à
calotte plate et à culotte bouffante
déroule un parchemin.

— Oyez! Oyez! bonnes gens. Le
tournoi débute. Le vainqueur aura le
droit de danser avec la princesse et

de faire un tour de calèche en sa compagnie.

Et il énumère le nom des participants : les princes Valderi et Valdera, sir O'Pur-de-la-Beauce, lord Salley, le comte Fiture-de-Groseille, le duc Caduc et le baron Pasunrond.

Grand favori, Valderi est suivi de près par son frère Valdera, qui a aussi bon bras. Quant à leurs adversaires, ils jouent couci-couça.

Dans les gradins, la foule applaudit. Sous ses apparats, le roi agite faiblement un bras (sa couronne et sa toge bardées de pierreries l'écrasent). À sa droite, Anémone, tout en dentelle friponne, sourit à la ronde, ce qui fait fondre Valderi et Valdera et pourrait nécessiter un coup de torchon avant la compétition.

L'ordre des joueurs est tiré au sort. Valdera ricane, songeant qu'un autre « sort » a été jeté à son frérot. Fignolant la cérémonie, l'abbé Quille encense l'enceinte, bénit les concurrents et les exhorte à une partie sans parti pris.

Secrètement, la princesse souhaite que Valderi soit victorieux. Elle a pour lui un penchant, même si elle le trouve un tantinet vaniteux.

Les sept concurrents s'alignent : Valderi, détendu ; Valdera, sûr de lui, et pour cause, la veille, il est passé au vestiaire…

Muni d'un double de la clé du casier de son frère, il s'est conformé aux instructions de la sorcière. Une goutte d'un liquide visqueux dans les trous de la boule de quille de Valderi, deux jets vaporeux dans ses souliers. Puis, à pas feutrés, il s'est éclipsé. À présent, il jubile. Enfin, il aura sa revanche sur un frère qui, déjà enfant, le battait aux billes.

— Que les jeux commencent ! décrète le roi en frappant trois fois le sol de son sceptre.

Une trompette retentit et enterre ses hurlements : par mégarde, le roi s'est asséné un vilain coup sur son oignon. Son gros orteil devient cerise et sa perruque se défrise.

Sur cette note échevelée, les premières boules déboulent...

Valdera a le privilège d'attaquer,
ce qui est tout à son avantage et de
bon augure, il n'en doute pas.

De fait, il inscrit deux abats.

Cinq autres participants défilent,
se débrouillant tant bien que mal.
Quilles chancelantes, trouées, chan-
delles... La partie est jeune ; l'espoir,
permis.

Dernier à s'exécuter, Valderi s'avance
en matador. Tout de go, il s'élance,
mais, à la dernière minute, son poignet se tord et la boule va droit au
dallot.

Consternation générale. C'est la
première fois qu'une telle chose survient à un pro.

Se limant un ongle, en retrait,
Valdera chantonne innocemment :
« En roulant ma boule, roulant, en
roulant, ma bou-oule... »

Cramoisi, Valderi se ressaisit et se remet en position, en vrai champion. À peine s'il laisse échapper un « Câline de pines*! » en sourdine.

Il prend son temps, se centre, se concentre, se conditionne, se frictionne, se recueille, se recule ; enfin, se catapulte !

Malédiction des astres en désastre ! Il s'empêtre dans un lacet défait et s'étale de tout son long sur le parquet.

Nouvelle clameur incrédule. Valderi se sent ridicule. Pour lui, c'est le début d'un long calvaire ponctué d'urticaire.

De fait, la suite n'est pas belle à voir. Si Valdera accumule réserves et abats, Valderi va de mal en pis. Il ne parvient pas à contrôler son jeu. Tantôt, les paumes moites, il perd la boule qui zigzague et serpente dans l'allée. Tantôt, il éprouve des picotements dans les jambes, gigote et trépigne malgré lui, à croire qu'il est possédé.

---

* Quilles, en anglais : *pins*.

Les pages du palais qui plantent les quilles après chaque lancer gardent les bras croisés quand c'est le tour de Valderi. Le pauvre va même jusqu'à propulser sa boule en arrière, laquelle arrive en pleine poire du marqueur officiel. ***Démentiel!***

À vrai dire, Valderi ne sait plus s'il manie un yoyo, un boomerang, un frisbee ou un ballon qui se dégonfle aux quatre points cardinaux. C'est la débandade. Il s'énerve, s'éponge, se mine, se ratatine, prie en douce pour faire mouche, développe des tics à changer de tactique. Inutile. Les zéros envahissent les carreaux.

À la fin du défi, Valderi n'est plus que l'ombre de lui-même. Déchu, il fait pitié. Avachi sur son siège, les bas ravalés, la serviette sur la tête, il pleurniche comme un bébé.

Sans égard pour sa déconvenue, un orchestre démarre dare-dare et convie tout le monde au bal.

Vainqueur, Valdera joue au seigneur. Torse bombé, il s'approche de son frère et lui tapote l'omoplate.

— Je sais, je sais, c'est plate...

Ceci dit, il déguerpit, pressé de se changer, la première danse lui étant réservée.

Vêtu de neuf, l'allure triomphale, Valdera entre dans l'immense salle. Il va directement à la princesse et lui fait une courbette. Celle-ci lui présente la main : il s'empresse de la baiser. À sa stupéfaction, elle est gercée et sent mauvais.

Il guide néanmoins Anémone vers la piste de danse et amorce une valse.

Là, ça se corse.

Chaussée de souliers aux sabots semblables à ceux d'une jument percheronne, la princesse érafle les jarrets et martyrise les mollets de son cavalier. Bref, elle danse comme un pied. Le pire, c'est qu'elle adore danser avec lui et ne veut plus s'arrêter.

«Je serai bientôt estropié», angoisse Valdera.

Quand l'orchestre s'arrête, le malheureux est sur les rotules.

À son désarroi, un laquais aux cheveux laqués annonce d'une voix affectée :

— Le carrosse de Sa Majesté est avancé !

La randonnée au bois, c'est tout de suite !

En titubant, Valdera suit la princesse. «Au moins, s'encourage-t-il, je récupérerai dans le carrosse.»

Or, aussitôt installée, la princesse enlève ses souliers. Une odeur pestilentielle s'en dégage.

— Vous me feriez un massage ? minaude-t-elle en lui brandissant un pied sous le nez.

Valdera manque de tourner de l'œil. Non seulement ses petons puent, mais ils sont couverts de bobos et de boutons.

À leur contact, le prince est pris de démangeaisons si terribles qu'au milieu de la balade il prétexte une envie de faire pipi et s'évapore dans la nature.

Au triple galop, il se rend à la chaumière de la sorcière, laquelle se berce tranquillement sur son perron, pipe au bec.

— Un onguent, ça pique ! hurle le survenant.

— Mais qu'avez-vous ? demande Verrue-Lente en lui insufflant une bouffée sulfureuse au visage.

— Je viens de quitter la princesse, dit Valdera qui suffoque. Je ressens d'atroces démangeaisons. On dirait que mes pieds et mes mains sont atteints de grattelle.

— «En selle et grattelle*», hein…! glousse la sorcière. Eh bien, mon cher, vous goûtez à votre propre médecine, à l'envers. Anémone a voulu se prêter au jeu et s'enduire des apprêts que vous m'aviez commandés pour votre frère. L'idée de servir une leçon d'humilité à Valderi, en le faisant perdre, plaisait à cette mignonne. Elle le trouve à son goût, mais un peu fendant par bout. À l'heure qu'il est, elle doit le consoler.

La sorcière suçote sa pipe et ajoute :

— De mon côté, je trouvais aussi que vous méritiez un savon, à ma façon.

Valdera appréhende la supercherie.

— Vous êtes une intrigante, une perfide ! fait-il, livide.

— Je n'ai aucun mérite, se défend modestement Verrue-Lente.

---

* Il s'agit naturellement du célèbre conte *Hansel et Gretel.*

23

Pincé, le prince s'égosille :

— Sorcière, félonne ! Votre laideur n'a d'égal que votre ignominie ! Je vous dois mon déshonneur !

Verrue-Lente rougit.

— C'est tout naturel, voyons.

Hors de lui, Valdera postillonne :

— Comment Anémone a-t-elle pu être complice de votre malice ?

— Momonne ? Je suis sa fée marraine, lui révèle Verrue-Lente.

— Mais vous êtes une sorcière ! aboie Valdera.

— Le jour de sa naissance, toutes les fées assistaient à une démonstration de baguettes magiques. Les fées, côté professionnel, vous savez…

Valdera vire au violet.

— Et vous ! s'étrangle-t-il.

— Quoi, moi ?

— Le secret professionnel, vous ne l'avez pas respecté !

Verrue-Lente fronce ses sourcils de ronces.

— Et le sac d'or d'extra, vous me l'avez donné ? C'est lui qui couvrait les frais du secret.

Son vis-à-vis se rembrunit.

— Misérable! Fourbe! Scélérate!

— Je vous en prie…, susurre la sorcière. Ce que vous êtes flatteur.

Le prince est tellement enragé qu'il ne songe plus à se gratter. Il fait volte-face et s'efface.

Verrue-Lente rit à s'en fendre le parapluie (confisqué à une certaine Mary Poppins, danger public, qui ne savait pas s'envoyer en l'air proprement).

Ce soir-là, la sorcière fait sa marche de santé (elle ménage son balai), le cœur léger. Son chant tonitruant et son rire désopilant retentissent dans la forêt entière:

♪ *Valderi… Valdera…*
Valderi… Valdera…

Ha! Ha! Ha! Ha!
Ha! Ha! Ha! ♪*

---

* Note: Un bûcheron du comté s'inspira de ces paroles pour composer la mélodie bien connue du *Joyeux Promeneur*. L'histoire, en fin de conte, ce n'est pas sorcier.

Voici un extrait de la chanson. Demandez à vos parents ou grands-parents de l'entonner. Ils ont sûrement conservé leur cœur de scout.

LE JOYEUX PROMENEUR

Par les sentiers, sous le ciel bleu,
J'aime à me promener,
Le sac au dos, le cœur joyeux,
Je me mets à chanter.

Refrain:
Valderi, Valdera, Valderi, Valdera,
Valdera, ha, ha, ha, ha, ha,
Valderi, Valdera,
Je me mets à chanter.

Parfois, suivant du clair ruisseau
Les folâtres ébats,
Je l'entends dire dans les roseaux,
Viens chanter avec moi.

(Refrain)

Et par les bois et par les champs
Tous les oiseaux jaseurs,
Mêlant leurs voix, mêlant leurs chants,
Entonnent tous en chœur.

(Refrain)

Opération Souricière
de la sorcière

*À Tommy à qui j'écris,
alors qu'il est encore
dans la bedaine d'Annie,
sous l'œil attendri
de Denis.*

— **C**'est quoi, ce carton? lance Verrue-Lente d'un ton furibond en voyant une pancarte fixée à son fronton.

La porte s'ouvre et la réponse lui saute au cou.

— Tante Verrue!

La sorcière manque de tomber de son perron et reconnaît sa nièce tant abhorrée, Barbe-à-Rat, un maillet à la main.

— Je passais par là, assure cette dernière. Je connais tes habitudes, alors j'ai rentré ton courrier en prenant la clé dans ton arbre-à-lettres.

Elle tend obligeamment quelques plis et ajoute:

— Puis je t'ai fait un brin de publicité en clouant à ta porte cette affiche : « Consultante en maléfices ». À présent, les clients vont se précipiter, et à toi, les bénéfices !

— Entre, on gèle, marmonne Verrue-Lente en la poussant à l'intérieur.

Barbe-à-Rat enchaîne :

— C'est pourquoi, ma tante, j'ai préparé ton infusion préférée : racine d'herbe aux poux et foie de cancrelat pressé, aromatisés de jus de pipe d'ogre.

«Elle va sûrement s'incruster», en déduit la sorcière devant tant de gentillesse. Elle connaît sa nièce. Une tache. Une paresseuse qui ne songe qu'à devenir chanteuse. Troubadour, ce n'est pas une vocation pour une sorcière! Dire que Verrue-Lente voulait se reposer cet automne. La forêt l'inspirait. L'érable roux devant la maison ressemblait à une citrouille, le pommier dénudé était tordu à souhait, le vent gémissait, les branches craquaient, les feuilles crissaient. C'était le temps des douces promenades dans les cimetières embrumés, des cueillettes de champignons vénéneux sous les futaies fanées et, bien sûr, de la concoction de son ketchup maison avec le druide du canton.

D'accord, les affaires n'allaient pas fort, mais un écriteau punaisé à l'entrée ne ferait pas la différence. À la vérité, Barbe-à-Rat finassait pour demeurer à son crochet tout l'hiver, à rêvasser et à écrivailler. Voilà!

Appuyée sur le manche de son balai, la sorcière vocifère:

— Écoute, Barbe-à-Rat, j'ai en ras la marmite de tes visites parasites et...

« Bong ! Bong ! Bong ! »

Des coups véhéments à la porte l'interrompent. Elle ouvre et aperçoit un seigneur bien dodu, bien vêtu, grelottant sur le paillasson moussu.

— Déjà un client ! pavoise Barbe-à-Rat dans le dos de sa tante.

Cette dernière écarte sa nièce, se racle la gorge et emprunte une belle diction pour l'occasion.

— Allez, venez, milord, vous asseoir à ma table. Il fait si froid dehors, ici c'est confortable, débite-t-elle.

Barbe-à-Rat griffonne sur un parchemin et fredonne un refrain.

— Madame, il faut que vous m'aidiez ! implore le noble en sanglots.

Ce disant, il s'effondre.

Badang !

La sorcière est décontenancée par toutes ces effusions qui risquent de salir son plancher.

— Voyons, mi-lourd, heu... milord, ressaisissez-vous. Dites-moi plutôt ce qui vous amène, l'enjoint-elle.

— Les rats! Des milliers de scélérats transforment mon château en gruyère. Mon épouse est devenue hystérique : elle passe ses journées juchée comme une gargouille. C'est le raffut! Ça ne peut plus durer. Je suis à bououououout...

— Enfin, milou, heu... milord, l'extermination de la vermine n'est pas de mon ressort, objecte Verrue-Lente.

— Bououoouououououououou...! regimbe l'opprimé.

À ce train-là, estime la sorcière, il pourrait noyer ses rats.

Le front ridé, elle déclare :

— Qui donc puis-je recommander? J'ai déjà entendu parler d'un joueur de flûte, mais il a mauvaise réputation et une ribambelle d'enfants le suit continuellement...

Les yeux dans le vague, le seigneur balbutie :

— Mon épouse et moi n'osons plus recevoir. D'ailleurs, les gens nous fuient, même mon armée se dérobe. Impossible de recruter de nouveaux soldats. Et l'ennemi qui est à mes portes ! Des barbares qui veulent voler mes terres. L'invasion ne saurait tarder. Vous devez m'aider ! Votre prix sera le mien ! résume le désespéré.

— Hum..., évalue La Verrue. Laissez-moi réfléchir. Je n'ai pas de formule instantanée, style «abracadabra», pour éliminer cette racaille.

Avec des trémolos, le châtelain insiste :

— Vous trouverez, je suis sûr que vous trouverez !

Sentant une nouvelle montée de larmes, il s'empare, sur la table, de la mixture préparée par Barbe-à-Rat et l'avale d'un trait.

Du coup, sa collerette pète, son regard devient vitreux, son teint cireux, son menton baveux ; son nez se déroule sur vingt centimètres pour revenir en place comme une flûte de papier.

Finalement, il évacue un rot de cachalot repu et baragouine :

— Délicieux... Curieux... mais délicieux...

Il baise la main osseuse de la sorcière, geste qui en dit long sur sa détresse, et dépose sa carte de visite avant de disparaître.

Verrue-Lente sourcille. Comment répondre à la requête, maintenant ?

Elle apostrophe son chat, Escogriffe, pelotonné sur le bord de la cheminée.

— Hé toi, le matou ! Tu pourrais remplir le contrat au lieu de ronfler plus fort que le feu !

— Tu n'y penses pas, ma tante, s'interpose Barbe-à-Rat, ça lui ferait beaucoup trop de rats à chasser, à ce pauvre minet.

Verrue-Lente virevolte.

— De quoi je me mêle, poétesse de mes fesses ? Contente-toi de jouer à la Barbie galeuse et oublie les choses sérieuses. Va pondre un autre de tes classiques comme *Blanche-Niaise et ses sept nez*, ce manuscrit que tu as laissé ici l'an dernier. Quelle rigolade ! Quelle futilité ! Quelle fadaise ! Ah ! si je connaissais une incantation pour supprimer les rats, j'en profiterais pour me débarrasser de toi.

Sans se vexer, Barbe-à-Rat réplique :

— J'ai la solution, ma tante. Si tu suis mon plan, tu gagneras beaucoup d'argent et tout le monde sera content. Assieds-toi, je te verse une autre tisane et je t'explique.

Essoufflée par ses critiques, Verrue-Lente se laisse tomber sur sa vieille chaise d'osier.

Bienheureux, Escogriffe se remet à ronronner devant le feu.

Au bout du tuyau d'écoulement, à la lisière nord du château, Barbe-à-Rat organise une rencontre entre sa tante Verrue-Lente et Rat-Spoutine, le chef des rongeurs.

Assis sur ses pattes de derrière, le gros rat gris aux dents avancées se cure négligemment une oreille avec le bout de sa queue.

— Écoute, face de rat, attaque poliment la sorcière ambassadrice. Le propriétaire du domaine où tu sévis, le bailli Baril, a atteint le fond du tonneau. Il compte vider les lieux.

— Hip, hip, hip, hourrrrra! claironne Rat-Spoutine en agitant sa queue comme un drapeau.

— À ta place, je ne me réjouirais pas trop vite…, insinue Verrue-Lente en détachant ses mots.

— Comment ça? s'enquiert le malfrat.

— Le maître parti, vous jouirez du domaine, mais à quel prix? Fini les banquets, les buffets, les déchets et, par ricochet, tout ce que contiennent les égouts, pas vrai? Alors, de quoi vous gaverez-vous?

Rat-Spoutine se fige comme une gélatine. Soucieux, il mordille l'extrémité de sa queue.

— Verrat, je n'avais pas pensé à ça...

— Il faut tout étudier, prône Verrue-Lente. Voici ce que je suggère pour régler l'affaire : une alliance avec le bailli.

Le rongeur sursaute.

— Hein!

— Avec les mulots et les souris de la contrée, vous êtes des milliers et vous constituez une force en place. Or, des barbares s'apprêtent à livrer bataille au bailli. À cause de vous, celui-ci est sans défense et son armée, décimée. Les barbares ne feront qu'une bouchée du domaine. Comme vous le savez, ces brutes incendient tout. Par conséquent, quel avantage pour vous s'ils triomphent?

— Ouais…, conçoit le rat, les moustaches en chute libre.

— Si vous secourez le bailli, vous y trouverez profit. Préservez son bien et vous garantirez le vôtre. Une fois le danger écarté, ce dernier reprendra ses réceptions et re-bonjour les vaches grasses! Il suffit d'une entente entre vos parties. Vous représenterez l'armée officielle du bailli et le défendrez, au besoin. En échange, il vous cédera le coin des poubelles. Bien entendu, le réseau souterrain des égouts vous appartiendra. Équitable, non?

— Qui dit que nous ne connaîtrons pas des «ratés» en affrontant les barbares? badine Rat-Spoutine.

— Il n'y a pas plus ratoureux qu'un rat, soutient la sorcière. Ni plus répugnant et ni plus hideux.

Le rat se rengorge devant le compliment, puis interroge:

— Le bailli est-il au courant du plan?

— Je voulais d'abord votre agrément, allègue Verrue-Lente.

— Si je peux me permettre..., s'immisce une voix aigrelette.

— C'est qui? demande le rat en avisant, derrière la sorcière, une frêle créature ébouriffée, au menton orné d'une plaque duveteuse.

— Ma nièce, Barbe-à-Rat, l'instruit Verrue-Lente, contrariée.

— Joli nom, juge le rongeur.

Barbe-à-Rat tire avantage de la situation.

— J'ai composé un hymne spécialement pour votre armée, dit-elle.

Et elle entonne avec entrain:

«Ra Ra Rapataplan...! Ra Ra Rapataplan...! Ra Ra Rapataplan...! »

— Stimulant, admet le rat.

— Taratata! coupe la sorcière. Acceptez-vous l'arrangement, oui ou non?

Rat-Spoutine se gratte la bedaine, jongleur.

Barbe-à-Rat balaie ses ultimes hésitations en proclamant:

— Il y a eu le Seigneur des Anneaux. Il y aura le Seigneur des Caniveaux !

Le rat bombe sa poitrine velue.

— Si le bailli est d'accord, ça ira, consent-il. Un Rat-Spoutine, point se débine.

Sur cette pointe d'éloquence, il pivote et s'éloigne dans le tuyau. De loin, on le voit battre la mesure avec sa queue, tandis qu'il fredonne un vigoureux « Ra Ra Rapataplan...! » répercuté par l'écho.

Barbe-à-Rat décoche un clin d'œil à sa tante pour rendre hommage à sa grande perspicacité.

Une nouvelle rencontre est organisée, cette fois avec le bailli.

— Vous n'y pensez pas ! s'insurge celui-ci. Une armée de rats ! Je serai la risée du pays.

— Vous serez surtout bien défendu, en échange de rebuts, fait remarquer Verrue-Lente.

— M'enfin, on n'a jamais vu ça !

— Ce sera original. Et puis, je vous signale que vous n'avez pas vraiment le choix.

L'argument rassit le bailli.

— Une fois les assaillants refoulés, il suffira de recommencer vos festins pour contenter les rats. Ceux-ci s'engagent à ne plus envahir le château et à rester dans leur fief : les poubelles et les égouts. Vous régnerez au-dessus et eux, au-dessous. Vos terres seront protégées par la peste même. Vous deviendrez légendaire, craint, respecté. Vous ferez la loi, sèmerez l'émoi, ferez sonner les beffrois, et cetera, et cetera, et cetera.

L'argument ébahit le bailli.

Il confie :

— D'après une fidèle estafette, les barbares sont à deux lieues.

Verrue-Lente frémit.

— Fiel de vampire et duel d'empire ! Hélons les rats !

Aux premières loges, du haut des remparts du manoir, Verrue-Lente et sa nièce observent le déroulement de l'opération, baptisée pour la circonstance « Souricière de la sorcière ».

Dans l'obscurité, d'innombrables bestioles tapissent le sol. Dès l'aube, quand les barbares s'approchent, les rats se lèvent massivement, progressent en rangs serrés et scandent des « Ra Ra Rapataplan ! » effrayants.

Les barbares en sont baba. Il ne s'attendaient pas à l'horreur ; d'ordinaire, ce sont eux qui la suscitent. Mais il y a changement au programme.

Une fois l'hallucinante menace perçue, retrouvant son sang-froid, le meneur hurle de toutes ses forces : « **Mort aux rats !** », mais ses hommes sont terrorisés. Un assaut de rats, qui a déjà vu ça ? C'est l'abomination. D'autant que leur légion se ramifie.

Ils sont partout à la fois, leurs longues queues prêtes à la manœuvre. Les fuyards sont attrapés au lasso ou fauchés en pleine course, et les guerriers qui parviennent aux canaux ceinturant la forteresse se font dévorer par de véritables piranhas. Les rats ratissent, systématiquement. Razzia, raz-de-marée, choléra !

Ne négligeant rien, Rat-Spoutine s'est allié un escadron de chauves-souris (parentes de la fesse gauche). Du haut des tourelles, tels des vautours, elles piquent sur les barbares fous, leur tirent les cheveux, leur crèvent les yeux, leur arrachent les oreilles. Pour accentuer la terreur, à tout moment, les rats poussent un effroyable cri de ralliement : «**RAAAA-AAAAAGOÛT !**» Maintenant déboussolés, les barbares savent qu'ils seront réduits en bouillie, en purée, en ratatouille.

— Victoire ! barrit le bailli, du haut d'une tour.

La retraite est sonnée. Quelques rescapés courent comme des dératés,

pourchassés par des chauves-souris en rase-mottes. La bataille se termine, le soleil se lève, le pont-levis est abaissé. Solennels, le bailli Baril et Rat-Spoutine s'avancent l'un vers l'autre pour signifier la fin des hostilités et sceller un pacte singulier.

Le bailli songe à décerner un doctorat honorifique en science de la guerre à Rat-Spoutine, tandis que ce dernier planifie lui offrir un chapeau en rat musqué (héritage d'un cousin éloigné).

Grâce aux stratégies de sa nièce, Verrue-Lente remplit ses goussets et passe un automne radieux. Bal costumé chez les forains, rendez-vous avec fantômes, loups-garous, trolls, gobelins et compagnie. Nuits blanches et nuits d'encre dans les marais, les catacombes et les cavernes aux magnifiques candélabres de stalagmites et de stalactites.

Comblée, la sorcière offre gîte et couvert à Barbe-à-Rat pour l'hiver (même si elle redoute l'enfer). Force lui est de reconnaître le génie de sa nièce, laquelle s'affaire à la composition d'un opéra épique. Une goule à grande gueule lui certifie d'ailleurs que « Bon sang ne ment pas ». Verrue-Lente présente donc sa parente à la société. Autour d'un feu rougeoyant, après un concours où chaque sorcière crache dans les braises pour faire jaillir un maximum d'étincelles, toutes entonnent la récente composition de Barbe-à-Rat :

Allez, venez, Milord, vous asseoir
    à ma table.
Il fait si froid dehors, ici c'est
    confortable.

Note : Barbe-à-Rat dédia sa chanson à un pâtre grec du nom de Moustaki, lequel l'offrit à Édith Piaf, une petite sorcière austère à la voix rauque, qui en fit un immense succès.

Laissez-vous faire, Milord,
et prenez bien aises.
Vos peines sur mon cœur
et vos pieds sur une chaise.
Je vous connais, Milord,
vous n'm'avez jamais vue.
Je n'suis qu'une fille du port,
une ombre de la rue...

L'amoureux fou

*À Geneviève Côté,
une belle fille
de l'Outaouais.*

— **E**ncore un peu de terrine de fouine, milady? demande le roi.

— Volontiers, sire, répond la sorcière Verrue-Lente qui, sans se retrouver souvent à une table royale, connaît tout de même la bienséance.

Et heureusement, car on a vraiment mis les petits plats dans les grands. Argenterie en panoplie et coupes en série. Une partie du menu est même conçue à son intention : potage aux poux, touffes d'ortie en salade, tripes de chacal dans leur jus et purée de cafards. Quant aux douceurs : pâte de mante, carrés aux blattes, chenille à la vanille et gauffrette à la savonnette (qui résume l'hygiène buccale des sorcières – pas étonnant que leur dentition soit infernale !).

Donc, le festin. Pourtant les convives aux beaux atours et aux coiffures en tour affichent des faces de carême. Le roi le souligne d'ailleurs, sans entrain :

— La vie de château n'est pas ce qu'on croit. Il pèse sur mon royaume un ennui mortel. Regardez ma fille Laurence.

Et il porte les yeux sur une princesse chagrine, au bout de l'interminable table aux chandeliers torsadés.

— Elle s'étiole, s'affadit. À vrai dire, tous mes sujets ressemblent à des zombies, se désole le monarque.

« Pas surprenant, dans une ambiance aussi guindée », a envie de répliquer Verrue-Lente. Les invités sont raides dans leur jabot de dentelle et leur perruque compliquée. Autour d'eux, il y a des armures sur tous les murs et des serviteurs au garde-à-vous. Ce n'est pas la cordialité.

En survolant le domaine, Verrue-Lente avait flairé la mélancolie. Encas-

trée dans une vallée brumeuse, la
citadelle était pompeuse, masquée
par des lierres tentaculaires et cernée
par des grilles épineuses. Des arbres
drus se dressaient en sentinelles, les
fanions étaient en berne et les gar-
gouilles, particulièrement hautaines.

Néanmoins, une invitation royale
ne se refuse pas. La sorcière avait
donc atterri dans le parc. D'autant
que la présence de sa nièce Barbe-
à-Rat, sous son toit, l'assommait.
Enfin, une soirée à ne pas entendre

la musique *underground* de sa bande de déterrés ! Barbe-à-Rat aurait bien voulu l'accompagner, mais Verrue-Lente lui avait indiqué que c'était l'apanage de sorcières expérimentées et renommées. Autrement dit, elle devait encore faire ses gammes (façon de parler, vu sa musique débile).

La sorcière abandonne là ses réflexions d'ordre familial, pour discourir sur les propos plaintifs du roi :

— C'est le mal du siècle, sire, dit-elle. Tout le monde est au bout du rouleau. Je ne compte plus les gens qui viennent me consulter, le moral à zéro. Je joue les apothicaires, concocte potions de ceci et de cela pour ramener les humeurs. Si je vous disais, j'y vais même de vaccins préventifs : sang de punaise ou de cochon, lamelles de front de bœuf, concentré de rire de hyène... Mais ça donne ce que ça donne.

La sorcière hésite, puis poursuit avec philosophie :

— Nous vivons dans une société empesée. Les apparences comptent trop. Stress et vitesse sont notre loi ; évasion et consommation, notre lot. Certains pensent acheter le bonheur, si ce n'est pas de valeur…

Roide, le roi se récrie :

— Les royaumes seraient mal gérés ?

— Non, sire, s'empresse d'exprimer la sorcière, mais un peu de fantaisie ne ferait pas de tort. Ça détendrait l'atmosphère. Au fait, n'avez-vous pas un fou pour égayer la soirée ?

— Pff ! éructe le roi. Mon fou !? Regardez-le ruminer sous les armoiries, plus bête que sa marotte*.

Adossé à l'étendard, le fou se languit, tête basse, clochettes rabattues.

— Décidément…, constate la sorcière.

Toussant dans sa main baguée, le roi laisse planer :

— Parfois, je me demande si mon royaume ne fait pas l'objet de quelque sortilège…

---

* Sceptre surmonté d'une tête coiffée d'un capuchon bigarré et garni de grelots.

La sorcière tique. La grappe de mini-verrues, blotties au creux de l'aile gauche de son nez, frémit. « Voilà donc pourquoi on m'a invitée, présume-t-elle. Pour me cuisiner ! »

— À ce que je sache, aucun maléfice ne touche votre royaume, sire, expédie-t-elle, agacée. Le problème relève d'un état d'esprit. On se croirait dans un monastère, ici. Il faudrait organiser des bals, des chasses, des tournois, des exécutions, je ne sais pas, moi. Pourquoi pas un concours de chansons avec les jeunes gens des environs ? Le vainqueur pourrait courtiser votre fille.

La prunelle équivoque, le roi évoque son épouse :

— Vous me rappelez la reine, morte en couches. Paix à son âme ! C'était une femme pleine de vie et d'idées. Elle aurait apprécié votre suggestion.

— Alors, en sa mémoire, donnez-y suite, argue La Verrue.

Le veuf hésite, tâtonne les amulettes du bracelet qui enserre son poignet, cadeau de sa défunte.

— Soit! Demain, j'en ferai l'annonce. La spontanéité sera de mise et l'événement aura lieu dès la semaine prochaine! Je tiens à votre présence, précise-t-il à son invitée.

«De cette façon, tu pourras me pointiller, vieux schnock à breloques!» chuchote celle-ci. Mais elle dit oui.

Le reste du repas se déroule sans anicroche, sauf que tout le monde a l'air constipé et que la princesse garde un regard éteint au-dessus de son assiette d'étain. Le roi pousse quelques nouvelles allusions sur la possibilité d'un maléfice planant sur son royaume, ce qui pompe Verrue-Lente à la longue. Lorsqu'elle quitte, fatiguée, c'est pour ronchonner:

«Ça gouverne du populo, ça perçoit des impôts, et ce n'est même pas fichu d'organiser un bingo!»

Elle harponne son balai appuyé contre un muret, l'enfourche et s'élance, mais ledit balai, à peine en course, stoppe net et la fait basculer la tête la première.

— Raclure de monture! éclate-t-elle, le visage couvert de terre. Fourche à fumier! Balayette de cuvette!

Elle s'apprête à administrer un violent coup de pied à son engin quand une petite voix l'en dissuade:

— Pardon, madame, ne frappez pas votre balai, c'est moi qui l'avais attaché. Je voulais être certain de pouvoir vous parler.

Médusée, la sorcière s'avance, sentant poindre, en même temps que sa rogne, une forte enflure à son front bosselé. Elle aperçoit alors un individu accroupi dans l'ombre.

— Vous êtes un fou dangereux ou quoi? gronde-t-elle.

— Non, je suis le fou tout court, madame. Ou plutôt, le fou amoureux...

Elle reconnaît le fou du roi: bonnet biscornu, grelots menus, chaussures pointues.

— Que je me pète la fraise, ça ne vous fait pas un pli, hein? peste-t-elle. Au diable, les dégâts! Une face de sorcière se passe de préface! Eh bien, je vais vous montrer, moi!

Et elle braque un index redoutable vers le fou.

— Pitié, madame, supplie celui-ci en se jetant à genoux.

La sorcière hésite, sa digestion la taraude un brin et elle a un point de côté.

— Relevez-vous, je ne vais pas vous sacrer chevalier! finit-elle par maugréer en se frottant le flanc.

— Je suis si malheureux, confie le fou.

Et il se met à pleurer, comme s'il tombait des hallebardes.

— Misère…, soupire la sorcière.

Elle sent une vieille compassion l'envahir, influence de mauvaises fréquentations chez un moine où elle entrepose ses fromages.

— C'est quoi, votre problème? capitule-t-elle.

— J'aime la princesse, confesse le fou qui hoquette.

La sorcière courbe l'échine.

— Toujours la même rengaine... C'est d'une platitude.

— Mais c'est la vérité! revendique fougueusement le fou. Je l'aime!

Il jette son chapeau au sol, libérant une ample tignasse frisottée.

Accotée au muret, la sorcière prend un air résigné.

— Allons-y pour les questions de routine. Pensez-vous qu'elle a du sentiment pour vous? interroge-t-elle comme si elle remplissait un formulaire.

Le fou louvoie.

— Je ne sais pas. Dans ma condition et la sienne, vous comprenez. Mais il suffirait peut-être d'une étincelle...

— Bien voyons, ricane Verrue-Lente. Un coup de baguette et hop! on va à la noce! Est-ce que j'ai la trogne d'une fée? Vous voulez être transformé en prince charmant? Avec votre nez grossier et vos cheveux tire-bouchonnés? Faut pas rêver. Elle a le visage d'un bouton de rose et vous, la tête d'un pissenlit de fin de saison. Faites-vous une raison...

— Jamais! hurle le fou.

— Alors, séduisez-la, s'irrite la sorcière.

— Comment? bredouille le toqué.

— Vous avez entendu? Dans une semaine se tient un concours de chanson. Inscrivez-vous. Si vous gagnez le cœur de la belle, je vous ferai la courte échelle…, promet mollement la sorcière.

— Si j'osais…

— Osez! Osez! fulmine Verrue-Lente en arrachant de l'extrémité de son balai des touffes de poils de son chat Escogriffe.

— Comment faire? se lamente en-core le fou.

— Secouez-vous le pompon, pardi! Soyez fou! Souriez, ce sera peut-être contagieux.

Excédée, la sorcière met fin à l'entretien. Elle donne un nouvel élan à son balai et s'envole, cape au vent, dans la nuit goudronneuse.

Au réveil, un mal de bloc éprouvant la fait flageoler jusqu'à la cuisine. Barbe-à-Rat y est attablée, en train de s'empiffrer d'un yogourt à la bouse de dragon, son préféré. « Par chance, elle a la bouche pleine », se réconforte Verrue-Lente. Elle va droit au garde-manger et s'empare d'un concentré tonifiant en conserve. D'un ongle acéré, elle perce le couvercle et alors...

Alors fuse une déflagration de décibels qui la fait grimper au plafond.

Ce qui sort de la boîte est si aigu et si cacophonique qu'elle croit en perdre ses tympans et sa raison. C'est la flamme d'un brandon qui lui traverse le citron.

Barbe-à-Rat pète le feu, satisfaite de son exploit.

— Comment trouves-tu ma nouvelle invention? s'enquiert-elle. Des concerts en conserve! Une vraie bombe, hein?

Verrue-Lente est tellement sonnée qu'elle prend quelques secondes avant de réagir. Puis elle explose:

— Des concerts en conserve! Tu veux dire du carnage en cannage! Par tous les serpents de l'enfer, tu veux me ruiner les nerfs, me zigouiller, m'occire!

— Maaaaais…, bégaye sa nièce.

— La barbe, Barbe-à-Rat! Tu es ici chez moi et je te conseille de raser les murs pour que ça dure.

Verrue-Lente tire sur ses manches, signe qu'un sermon orageux se prépare à l'horizon. De fait, elle tonne:

— Quand je pense que c'est moi qui t'ai offert ton premier hochet magique, ta première sucette à l'arsenic, ton premier cheval de Troie. Et attention : rempli de vrais bonshommes, pas de figurines en plastique.

Radoucie, elle ajoute :

— Tu te souviens, tu prenais ton bain avec. Tu les transformais en têtard, en nénuphar, en grenouille, en quenouille, en noyé, en voilier. Ah ! tu étais douée.

Et d'enchaîner avec nostalgie :

— Tu te rappelles ta première kermesse ? Je t'ai montré la maison des horreurs, tu as dégusté ta première barbe-à-papa. Le soir, après t'avoir raconté des légendes, je t'ai présenté les monstres sous ton lit. Plus tard, je t'ai fait réciter les incantations élémentaires, j'ai assisté à ton initiation, j'ai guidé ton balai...

Soudain, la narratrice se cabre.

— Pendant que ta mère, Ange-Jeance, courait comme un feu follet. Ah ! c'était une maman dans le vent, ma sœurette. Toujours à vadrouiller aux quatre coins de la terre. Les responsabilités, ce n'était pas sa tasse de thé, à cette girouette. Plutôt filer dans les landes ! Pendant que moi, je veillais sur toi, pauvresse ! »

Les litanies de Verrue-Lente se poursuivent, tantôt virulentes, tantôt tendres. Ce n'est pas la première fois que Barbe-à-Rat se les farcit. L'humeur de sa tante se veut fluctuante au niveau des affaires de famille. De vraies montagnes russes, avec des hauts, des bas, des virages secs.

Lorsque sa tante se calme, Barbe-à-Rat s'approche et, d'une voix contrite, murmure :

— Pardon, ma tante. Je n'ignore pas ce que tu as fait pour moi et je t'en suis reconnaissante. La soirée d'hier t'a épuisée. Viens près de l'âtre, je vais faire une attisée. Tu vas t'étendre sur la peau de grizzli et je te masserai les tempes.

Verrue-Lente se laisse amadouer. Il faut dire que Barbe-à-Rat a le doigté, et pour convaincre et pour masser. La sorcière se relaxe donc et, petit à petit, narre à sa nièce – oh! combien attentive! – la visite chez le roi, les confidences du fou, le concours de chanson...

Le roi trône, pathétique; à sa droite, la princesse Laurence bâille; à sa gauche, la sorcière Verrue-Lente chique.

Le spectacle est d'un rare ennui: sempiternelles ritournelles de ménestrels. Certains faussent comme des coqs à l'agonie ou s'emberlificotent dans des compliments grandiloquents. D'autres, avec luth et clavecin, poussent des refrains pompeux ou des poèmes fleur bleue. La morosité sans fin.

Le roi adresse des mimiques hostiles à Verrue-Lente, du genre «Pas fameuse, votre idée de concours... Ce sont des chanteurs ou des hypnotiseurs? »

Des notables de la cour sont carrément endormis dans leurs fauteuils. Au terme d'un morceau de lyre lancinant, exaspéré, le roi s'apprête à mettre fin au supplice.

Alors s'avance, poussant devant elle un chariot, une étrange créature aux cheveux fluo, à la robe noire en lambeaux et aux bottes en croco.

Verrue-Lente manque d'avaler sa chique de tabac en reconnaissant sa nièce Barbe-à-Rat.

— J'accompagne le prochain chanteur, annonce fièrement l'arrivante. Voici mes instruments.

Et elle désigne cannettes, bonbonnes et conserves sur son chariot.

Sans plus de préambule, elle décapsule une cannette. Un air gicle. Guitare électrique, batterie, trompette. C'est rythmé, enlevé. Un individu à la chevelure afro bondit dans l'enceinte. Ses yeux pétillants, rivés sur ceux de la princesse, il lui avoue tout de go (et à plein micro) :

♪ *J't'aime comme un fou,*
J't'aime comme un fou,
J't'aime comme un fou,
Mais tu t'en fous.

J't'aime comme un fou,
J't'aime comme un fou,
J'me tatoue ton nom tout partout.

Pour que tu m'trouves plus beau
quand tu m'verras tout nu,
J'ai perdu vingt kilos, t'en es-tu
aperçue ?
Pour retrouver ma ligne,
pour retrouver mon swing,
J'fais du bodybuilding, du tennis,
du jogging.
M'as-tu vu courir ?
M'as-tu vu courir ?
M'as-tu vu courir dans ta rue ?

J't'aime comme un fou,
J't'aime comme un fou,
J't'aime comme un fou,
Mais tu t'en fous.

J't'aime comme un fou,
J't'aime comme un fou,
J'me tatoue ton nom tout partout... ♪

69

La prestation du nouveau venu éclipse les précédentes. Vigueur, mordant, enjouement. Les gens embarquent, vibrent. Tous se trémoussent et ça se termine par un solo de batterie effréné.

Dès lors, Laure n'a plus rien de rance. Fini le blasement, et même le blason! Elle applaudit sans réserve, spontanément imitée par l'auditoire entier.

Le chanteur salue, s'incline devant la princesse charmée.

L'ovation passée, Barbe-à-Rat prend la parole :

— Cet excellent interprète se nomme Charles Bois : une découverte de ma tante Verrue-Lente, commente-t-elle.

Stupéfaite, Verrue-Lente en accepte néanmoins le crédit, vu la performance du chanteur.

— Avancez, cher ami, dit le roi, ravi. Vous êtes celui qu'on attendait. Ou qu'on n'attendait plus! Je vous félicite. Vous avez droit à toute ma reconnaissance.

Plus le chanteur s'approche, cependant, plus les yeux du roi s'arrondissent comme des louis d'or.

— Mmgngngn... je vous connais. Vous êtes le fou! articule-t-il.

Il toise la sorcière.

— Que signifie cette imposture?

— Quelle imposture? riposte Verrue-Lente. Votre fou n'est pas plus fou qu'un autre. Il a le droit de participer au concours.

— Ce droit, peut-être, convient le roi de mauvaise grâce, mais pas celui de lever les yeux sur ma fille. Un fou...

— Un humoriste, rectifie la sorcière. Un humoriste et un chanteur. Bref, un artiste.

— Un épouvantail à ressorts qui ne saurait prétendre au titre de prince consort! relance le chef d'État dans tous ses états.

Verrue-Lente le scrute avec sévérité.

— Votre fille était une somnambule – une espèce de Belle au bois dormant à la verticale – et la voilà éveillée! Or ce bouffon lui a insufflé la bouffée de fraîcheur dont elle avait besoin. Vous ne pouvez le nier.

Le roi retrousse le nez et tripote ses favoris-pattes de lapin, indice de son mécontentement.

Froidement, il dévisage le fou. Mais ce dernier proclame, déterminé :

— J'aime votre fille depuis toujours !

Une voix émue se joint à la sienne, celle de la princesse en liesse qui prend le bras de son élu :

— Je l'aime aussi, professe-t-elle d'emblée. Je n'ai jamais donné libre cours à mon sentiment, de peur de vous offenser et d'enfreindre les règles de notre société, mais aujourd'hui, c'est assez ! Je ne veux plus vivre dans une cloche de verre comme ces figurines de porcelaine qui tournent sans cesse au son d'une musiquette. Charles a brisé ma prison. Me voici libre, prête à m'étourdir !

Elle prend fébrilement les mains de son aimé et, à bout de bras, l'entraîne dans une folle farandole.

Le roi devient aussi pourpre que son pourpoint. Un fou faisant échec au roi, il ne peut le tolérer !

— Je vous prends à témoin, ils sont fous à lier ! notifie-t-il à l'assemblée.

Accablé, il conjure sa fille :

— Ce n'est qu'un roturier, ma chérie...

— Il n'en tient qu'à vous, sire, de l'ennoblir, intercède Verrue-Lente. Deux petites lettres à son nom : **Le** Bois, et le tour est joué. Seuls les fous tiennent mordicus à leur idée...

Puis elle change de registre et prononce, magistrale :

— Vous êtes destiné à une noble croisade, sire. Votre sagesse est notoire. Vous n'êtes pas homme à céder aux préjugés. Trop d'envergure vous caractérise. Je vois en vous le précurseur, le mécène, la varlope humaine qui abolira le chaos des inégalités. Grâce à vous, la lutte des classes sera déclassée ! De meilleures valeurs prévaudront : le mérite, sur l'élite ; le cran, sur le rang. Les peuples vous vénéreront dans les siècles des siècles. On vous surnommera le « Roi de Cœur », parce que vous les aurez tous conquis. Votre statue, monument à la justice et à la liberté, s'élèvera sur toutes les places du royaume. Vous serez béni et loué par la postérité. Comme nul autre souverain, à la fin de votre vie, vous pourrez affirmer : « Mission accomplie ! »

Toussotement du roi.

— Heu... bon... oui... enfin... c'est mon rôle, décide-t-il, les favoris gonflés d'orgueil. Et puis, ma fille a enfin trouvé le bonheur.

Un tonnerre d'acclamations le couronne pour la seconde fois.

Le surlendemain, on cogne à la porte de la sorcière...

— C'est pour toi, tante Verrue. Livraison par messager du roi ! lance Barbe-à-Rat en refermant la porte.

Affairée à préparer une fournée de muffins santé aux petits insectes des champs, Verrue-Lente tend le cou.

— Ça ressemble à une « boîte vocale » et ça porte le sceau royal, poursuit sa nièce.

Les mains enfarinées, la pâtissière empoigne le contenant et le presse. Le couvercle saute et l'organe viril du roi résonne :

♪ *Toi, ma p'tite folie*
Toi, ma p'tite folie
Mon p'tit grain de fantaisie
Toi qui renverses
Toi qui bouleverses
Tout ce qui était ma vie... ♪

Verrue-Lente caracole. Barbe-à-Rat rigole :

— C'est ton « grand fou », tante Verrue-Vamp !

Le durillon
de Cendrillon

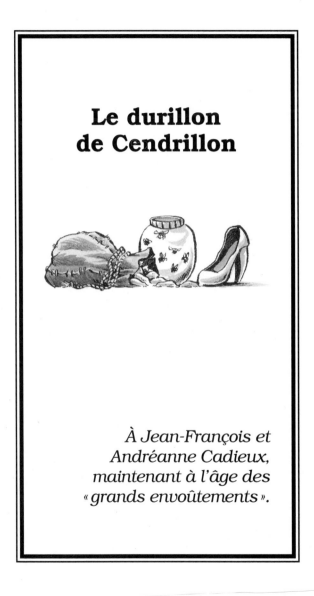

*À Jean-François et
Andréanne Cadieux,
maintenant à l'âge des
« grands envoûtements ».*

Les pieds plongés dans un bassin fumant, le regard trouble et la goutte au nez, Verrue-Lente déclare d'une voix fanée :

— Que je résume votre triste histoire... Snif... snif...

« Depuis le remariage de votre père, vous êtes traitée comme une va-nu-pieds par votre belle-mère et vos deux demi-sœurs. Celles-ci vous relèguent au rang de domestique et vous chargent des pires corvées. Vous vous sentez humiliée, dévalorisée et affreusement malheureuse.

« Survient un événement à vous faire rêver : le roi veut marier son fils Victor et il organise un bal. Vous vous enthousiasmez à l'idée d'y aller. Cependant, le jour venu, vous habillez et coiffez plutôt les pimbêches de la maison. "Une servante ne saurait assister à un bal", vous informent vos parentes méprisantes.

« Vous les regardez donc partir, affligée. Puis vous vous réfugiez dans les combles pour pleurer. »

Entre deux soupirs de lassitude, Verrue-Lente continue :

— C'est alors que votre fée marraine apparaît – supposément pour vous aider. Baguette en main, elle vous entraîne au jardin. Bibbidi, bobbidi, bou ! Elle transforme une citrouille en carrosse, quatre souris en chevaux, un rat en cocher et six lézards en valets. Elle change vos haillons pour une somptueuse robe de soirée et vous met aux pieds de mignons souliers de vair. Vous rayonnez. Seule mise en garde de la part de votre chère marraine : l'effet du miracle s'évanouira à minuit tapant. Après, tout redeviendra comme avant.

Vous deviez donc avoir décampé du château avant l'heure fatidique.

«"Pas de problème", vous vous dites. Vous flottez.

« De fait, tout va bien au palais. Dès les premiers instants, le prince Victor et vous tombez amoureux. Vous dansez, bavardez, émerveillés. Le temps file. Vous n'y prenez garde. Soudain retentissent à l'horloge les premiers coups de minuit. Oups! Cavale express. En dévalant l'escalier, vous perdez un soulier que le prince recueille précieusement. Sitôt dehors, citrouille, souris, rat, lézards et oripeaux réintègrent le tableau.

« De retour à la maison, vous reprenez vos occupations, le vague à l'âme. Comme votre belle-mère a cru vous reconnaître au palais et que ses filles n'y ont pas eu de succès, pour se venger, elle vous accable de travaux de plus en plus rudes. En peu de temps, vos mains sont écorchées, vos pieds calleux.

« Le souvenir du prince vous habite. Il en va de même pour lui et vous apprenez qu'il fera l'impossible pour vous retrouver. Ainsi sillonnera-t-il le pays pour faire essayer le soulier à toutes les jeunes filles. Celle à qui il fera, il l'épousera !

« Votre cœur se gonfle. Enfin, vous reverrez le prince. Quand il se présente à votre demeure, vos demi-sœurs se précipitent pour essayer le soulier, mais il ne convient nullement à leurs grands pieds. Vous vous avancez alors, confiante, et présentez votre peton. Hélas ! à cause d'un durillon de taille, le soulier ne vous sied pas non plus. Vos parentes pouffent méchamment. Le prince, gros bêta, ne voit pas plus loin que son nez et ne vous reconnaît point, les yeux rivés sur le soulier.

« Fixation… fétichisme…? faudrait analyser », reprend doctement Verrue-Lente.

Fermant cette parenthèse, elle poursuit :

— Confuse, vous montez au grenier pour implorer votre fée marraine. Évidemment, elle fait la sourde oreille.

Toutes pareilles, ces entremetteuses manquées ; elles ne font jamais les choses qu'à moitié.

« Bref, en désespoir de cause, vous venez me voir. »

Verrue-Lente considère sa visiteuse pâlotte, mal à l'aise au bout de sa chaise.

— Méchant conte de fées…, synthétise-t-elle. Votre histoire est placée sous le signe des grands e**MM**erdements : votre père est une mauviette ; votre belle-mère, une marâtre ; vos sœurs, des mégères ; votre marraine, une maniganceuse ; le prince, un malappris ; et vous… une mal-aimée.

La sorcière se mouche bruyamment et demande de but en blanc :

— Savez-vous pourquoi j'ai été radiée de l'OSSM* ?

Pause pesante, avant qu'elle ne renchérisse :

— Pourquoi je suis soupçonnée de haute trahison par l'ASPIC** ?

---

* Ordre des Sorcières Sans Merci

** Association des Sorcières Professionnelles Ignobles et Cruelles

— Heu... non..., cafouille la jeune fille.

— Eh bien, je vais vous le dire, nasille Verrue-Lente. Parce que je m'occupe de cas comme le vôtre. Moi, une sorcière, je fais dans les bonnes œuvres ! Actuellement, seule la SSSSSS* m'accepte dans ses rangs. Mais ils m'ont dans leur colimateur. Plus de bonnes actions, sinon...

La jouvencelle pleure. Pluie fine, discrète, qui submerge et fait frissonner.

Fiévreuse, Verrue-Lente est peu à peu transie.

Pour la doucher tout entière, la porte s'ouvre et un courant d'air s'engouffre en même temps qu'une créature excentriquement vêtue, le menton poilu.

— La porte, Barbe-à-Rat ! glapit Verrue-Lente. Tu ne vois pas que je suis malade.

Elle fustige l'arrivante du regard et affranchit sa vis-à-vis :

---

* Société Secrète des Sorcières Sournoises et Sans Scrupules

— Ma nièce, Barbe-à-Rat, une queue de veau qui se déplace en coup de vent et me rapporte des microbes sans nom. Pas surprenant, avec ses tournées des grands ducs dans tous les cimetières des environs !

La nièce en question pose un sac et un bocal sur la table.

— Tu me fais de la peine, tante Verrue, dit-elle. Depuis l'aurore, je patauge dans les marécages pour attraper des sangsues avec lesquelles je te ferai une saignée. Et si ça ne suffit pas, je t'appliquerai un cataplasme en écrasant ces mouches à moutarde *(faisant référence aux énormes mouches vertes et jaunes qui volettent dans le bocal).*

Embarras chez Verrue-Lente. Tant de sollicitude... Elle renifle pour cacher son émotion, puis opère une diversion en revenant à sa visiteuse.

— Heu, bon, votre nom, déjà ? Mademoiselle Sans Trayon...?

— Cendrillon..., amende timidement l'honorable jeune personne.

— Cent Trayons, oui. Votre récit est touchant, mais vous comprenez…

Nouvelle ondée chez l'éplorée. Impossible d'endiguer.

Aimable, Barbe-à-Rat intervient :

— Ma tante est grippée. Revenez demain. Après mes soins, elle ira mieux et je suis sûre qu'elle trouvera une solution à votre problème.

Cendrillon lève les yeux vers la sorcière enrhumée, laquelle n'a pas la force de nier. Simple hochement de tête de sa part.

Ce geste suffit à rasséréner la jeune fille. Se prosternant devant la sorcière, qui fait trempette dans la chaudière, elle embrasse ses genoux cagneux, puis s'envole telle une tourterelle triste.

Alors Verrue-Lente grommelle :

— Comme si je n'avais pas déjà les pieds dans les plats… !

Après une nuit de transpiration salutaire, Verrue-Lente reprend du poil de la bête. Au matin, Barbe-à-Rat la trouve, qui fait virevolter des crêpes au-dessus d'un poêlon noirci.

— Ça va mieux, on dirait, lui fait-elle remarquer.

— Tes remèdes m'ont fait du bien, admet Verrue-Lente. Je me sens ravigotée. Tellement que je vais m'occuper du gros problème de la petite demoiselle d'hier.

Elle zieute sa nièce et ajoute :

— Puisque tu as voulu y mettre ton grain de sel, tu vas continuer. Va la trouver, dis-lui de quitter son domicile et de se faire embaucher comme servante au château ; elle y sera mieux traitée. Qu'elle y attende le retour du prince Victor. Telles sont mes intructions. Ensuite, viens me rejoindre à l'AUBERGE DU SANGLIER AUX PETITS OIGNONS.

— Pourquoi ? demande Barbe-à-Rat.

— Le prince Victor y est descendu, hier soir. Je l'ai lu dans mes expectorations.

Témoignage indiscutable.

Plus bas, en manœuvrant son poêlon, Verrue-Lente marmotte :

— Si ça marche, si Cendrillon épouse son Victor, elle me dédommagera comme il se doit. Si ça foire, j'aurai au moins la satisfaction de me défouler sur son prince imbécile. Une vraie crêpe, celui-là !

Elle ricane et ponctue :

— Dégustons les miennes !

Joignant le geste à la parole, la sorcière s'empare d'un sirop charbonneux et en verse copieusement sur son déjeuner.

Elle ne peut s'empêcher de railler :

— Le prince sera bientôt dans une mélasse plus épaisse que celle-ci ! Son beau sang bleu coagulera ! Pour lui, ce sera la croix et la bannière ! *(Autrement dit, ce ne sera pas de la petite bière !)*

Le soleil est encore en train d'étirer ses rayons, quand Verrue-Lente sur-

vole l'AUBERGE DU SANGLIER AUX PETITS OIGNONS (où les clients sont traités de belle façon, mais pas les malheureux cochons !). En moins de temps qu'il n'en faut à une harpie pour s'abattre sur un petit canard à la patte cassée, la sorcière pénètre dans la chambre où le prince Victor roupille, toute bouche (et fenêtre) ouverte. La royauté dort beaucoup ; la grasse matinée leur appartient, la grosse étant réservée au bon peuple.

Verrue-Lente repère le soulier sur le coussin de velours d'un guéridon. Elle l'enserre de ses mains desséchées et formule une incantation :

« Tu as eu tort, Victor, de tout miser sur cette savate ingrate. Elle te fera manger tes bas, t'apportera des déboires comme ça ne se peut pas et te vaudra ton mea-culpa ! »

Une volée d'étincelles crépitent au-dessus de la chaussure. À ce moment, le prince s'étire dans son grand lit à baldaquin.

Prestement, la sorcière fend l'air par une lucarne.

Comme le prince est exténué de passer de maison en maison pour faire essayer le fameux soulier, la veille, il a chargé un gentilhomme de la cour, le marquis de La Moquette, de rassembler le plus de jeunes filles des environs à l'auberge. Question de sauver du temps.

Après s'être lavé et restauré, il descend à la salle réservée à l'essayage. Une dizaine de jeunes filles s'y morfondent. Craignant le début d'un lumbago, le prince assigne le marquis à la délicate entreprise.

Ce dernier approche un banc, pose un genou au sol et sollicite une première essayeuse.

Une donzelle se présente, qui n'a rien de la gazelle, plutôt de la sauterelle ! Bien que jeunette, elle exhibe les traits typiques des sorcières classiques, avec, en prime, une lésion grisâtre au menton. Des tresses qui s'enroulent de chaque côté de sa tête lui confèrent un air de mouflon. Son sourire ébréché est émaillé de feux sauvages et un chrysanthème est coquettement accroché à son oreille, pareille à une feuille d'épinard flétrie.

Certes, elle provoque des frissons chez le prince, mais pas les bons !

S'asseyant sur le banc, la postulante tend son peton. Le marquis marque un temps, hébété, mais finalement lui essaie le soulier. Contre toute attente, il moule parfaitement le peton !

Commotion chez le prince.

— Mais… mais…, bêle-t-il.

Verrue-Lente, qui se tenait à l'écart, sort de l'ombre.

— Bravo, ma nièce ! Tu es la promise du prince ! énonce-t-elle avec allégresse.

— Mais… mais…, re-bêle le principal désintéressé.

— Quoi… quoi…, croasse Verrue-Lente, du talc au talc (elle s'était poudrée pour la circonstance).

— C'est impossible, bafouille le prince.

— C'est tout ce qu'il y a de possible. C'est même inconstestable. J'espère que vous n'allez pas renier votre parole, messire. Vous avez bel et bien promis d'épouser la personne qui chausserait ce soulier.

— Je ne reconnais point celle-ci! réprime le prince.

— Votre parole a été donnée, tranche Verrue-Lente, le dardant d'un œil noir.

Et elle prend la main de son épouvantable nièce pour la mettre dans celle du prince, épouvanté.

Barbe-à-Rat s'avance; à cet instant, la chaussure choit au sol. Aussitôt, une jeune fille à proximité s'en saisit et l'essaie.

Stupeur générale. Le soulier lui convient, à elle aussi! Ruée sur la pantoufle. Toutes l'essaient et, incroyablement, elle convient à toutes!

Le prince s'étouffe. En catimini, Verrue-Lente adresse un reproche à Barbe-à-Rat:

— Qu'est-ce qui t'as pris de laisser choir la chaussure comme une vieille chaussette?

Le marquis se racle le gosier et tire l'héritier royal du pétrin.

— De toute évidence, dit-il avec prestance, le prince ne saurait épouser toutes ces demoiselles. Ce soulier a un défaut, c'est certain.

Verrue-Lente proteste:

— Tout a été fait en bonnet difforme, heu... en bonne et due forme, et devant témoin! La première personne à qui le soulier fait doit être retenue!

— Voyons, madame, on ne peut se borner à ce raisonnement simplet, réfute La Moquette.

Tapant dans ses mains comme devant des conventines, il leur intime:

— Que chacune rentre chez elle! J'escorte le prince Victor à ses appartements où nous réévaluerons la situation.

— Si fait? siffle Verrue-Lente.

— Si fait, atteste le gentilhomme.

Et il s'éloigne avec le prince quelque peu déconfit, sous le regard incandescent de la sorcière.

Dans sa chambre, le prince erre, abasourdi. La tournure des événements le dépasse. Il s'affaisse sur sa couche, se relève, s'approche du miroir, reluque sa mine défaite.

— Quelle nébuleuse affaire…, laisse-t-il échapper dans un soupir.

Comme pour confirmer ses propos, un minuscule nuage s'esquisse au-dessus de sa tête.

Il se passe la main dans les cheveux. Mais le nuage gonfle, moutonne. Le prince gesticule pour chasser cette mauvaise aura. Peine perdue, une épaisse fumée noire se développe et l'enveloppe bientôt intégralement.

Du fond des abîmes, il entend psalmodier :

« Corne au front pour corne au pied, pour compenser l'affront ! »

À ce moment, le marquis pénètre dans la pièce.

Croyant à une défaillance de la cheminée, il s'empare d'un drap et évente les lieux.

Les volutes finissent par se dissiper. Alors, devant le marquis horrifié, une monstrueuse créature se dresse : corne affûtée au front, yeux hagards, bouche béante, crocs crochus, grognements éperdus.

— À l'aide ! s'époumone le marquis en détalant.

Des gardes accourent. On cerne la bête. Visiblement aveugle, elle se heurte partout, déchaînée. On parvient toutefois à l'emprisonner dans un filet, et on s'enquiert alors du prince. Où est-il ? L'auberge est fouillée. En vain. Graduellement, une hypothèse tragique s'impose. Cet être immonde l'a peut-être dévoré !

En catastrophe, une missive est acheminée au roi, qui ordonne qu'on ramène sur-le-champ la créature au château.

Encagée, la bête furieuse n'émet que des sons incompréhensibles. Le regard révulsé, elle secoue férocement ses barreaux. Impossible de l'interroger.

— Qu'on mette ce monstre aux fers! commande le roi, perclus de douleur, en proie à des doutes déchirants. Il y restera tant que nous n'aurons pas élucidé le mystère de la disparition de mon fils.

La créature est enfermée dans la tour aux tourments.

Des heures s'écoulent, des jours…

La bête se calme. L'esprit du prince en émerge.

Pitoyablement recroquevillé sur lui-même, il sanglote. « Que m'est-il donc arrivé ? Que fais-je ici, métamorphosé en être sordide, incapable de parler, de voir ! Qu'ai-je fait pour mériter ce sort ? »

Il tressaille. N'est-ce pas ce dont il est question, d'un sort ? À travers ses ténèbres, une image le frappe. Il revoit la vieille femme révoltée à qui il avait refusé d'épouser la nièce. Son regard brûlant le transperce encore. Et il se souvient d'une voix proférant une curieuse imprécation : *« Corne au front pour corne au pied, pour compenser l'affront ! »*

Lentement, une certitude le gagne. « Voilà d'où vient la malédiction ! Je passerai le reste de mes jours à croupir sur un tas de paille, dans le noir et le chagrin. Au sein de ce château qui est le mien, je serai traité pire qu'un chien ! »

Les mois qui suivent confirment le prince dans ce verdict implacable.

Il dépérit, s'abrutit. Ses jours, ses nuits sont peuplés de cauchemars où des hordes de sabots le talonnent, le piétinent sans pitié.

Lorsqu'il revient à lui, suant sang et eau, c'est pour entendre la rengaine d'un vieux vagabond, voisin de cachot, qui semble le narguer :

♪ *Moi, mes souliers ont beaucoup voyagé.*
Ils m'ont conduit de l'école à la guerre.
J'ai traversé dans mes souliers ferrés,
Le monde et sa misère...

Au paradis, paraît-il, mes amis,
C'est pas la place pour les souliers vernis.
Dépêchez-vous de salir vos souliers,
Si vous voulez être pardonnés... ♪

Alors, le prince pleure, comprenant son erreur.

— Holà! où vas-tu, la belle? demande le geôlier à une servante qui se dirige vers les donjons.

— J'apporte du pain aux prisonniers.

— Pose ton panier, la somme-t-il en lui montrant la table grossière où lui tiennent compagnie une bouteille, un gobelet et des dés. C'est la première fois que je te vois, note l'homme.

— Je travaillais aux chambres, mais, ce matin, on m'a affectée aux cuisines.

— Pour ton information, je distribue moi-même les pitances à nos «pensionnaires». Quand ils en veulent bien…, ajoute-t-il, cynique.

La jeune fille s'étonne.

— On leur donne si peu de nourriture… Il arrive qu'ils la repoussent?

— Il y en a qui ont la tête dure ou qui se laissent aller. Comme cette créature qui refuse de manger depuis un bon bout de temps.

Et de pointer, dans un renfoncement de la muraille, une bête gisante, prostrée.

La jeune fille est troublée.

— Quelle étrange créature! Que fait-elle ici?

— Ça, mam'zelle, on ne me l'a pas dit.

— Peut-être arriverais-je à la faire manger, hasarde-t-elle, compatissante.

— C'est beaucoup trop dangereux, récrimine le gardien.

— Elle semble pourtant inoffensive. Si faible.

— Il est vrai qu'elle n'en mène pas large, concède le geôlier devant la décrépitude de la bête.

Une pensée l'effleure. Si la créature devait mourir, qui sait si on ne lui en tiendrait pas rigueur? Il revient sur ses positions et lâche à la servante:

— Essaie de la nourrir à distance. Pendant ce temps, je m'occuperai des autres.

La jeune fille s'approche du cachot, s'agenouille sur les dalles rugueuses et glisse du pain par les barreaux.

Aucune réaction chez la bête.

— Il faut manger, préconise-t-elle d'une voix douce.

Dans son cloaque intérieur, cette voix a quelque chose de familier pour le prisonnier. Il ouvre la bouche, mais un feulement s'en échappe. Alors, il se renfrogne et se colle contre la pierre poisseuse.

Mais la visiteuse s'obstine.

— Qui es-tu ? Pourquoi te garde-t-on ici ? Tu ne parais pas méchant.

Devant le mutisme de la créature, elle s'épanche :

— Tu sembles bien seul. Moi aussi, tu sais. J'ai quitté ma famille et elle n'a rien fait pour me retenir. J'aimais un homme et il s'en est allé, sans doute poussé vers d'autres conquêtes. Et me voilà seule…

La bête appuie sa tête contre les barreaux. Un silence ardent imprègne les lieux. Gel du temps. Glaçons de diamants au-dessus de la tour aux tourments. Puis une espèce de fluide invisible, un courant de chaleur, voyage entre les deux êtres.

En tremblant, la bête avance une main déformée entre les barreaux. La jeune fille ne bouge pas.

102

Au toucher, le prisonnier devine la douceur du regard, le front de lumière ; il reconnaît la finesse des traits, l'intonation de la voix. Cendrillon ! De ses yeux dévastés s'échappe une larme qui va perler sur le pied meurtri de la jeune fille. Étrangement, cette larme purifie sa cécité ; elle a aussi l'effet d'un acide et produit une vapeur, une nuée qui s'intensifie, se diffuse dans tout l'entourage. Quand elle s'évapore, ce n'est plus la bête qui est enchaînée, c'est Victor, un prince qui a appris à conjurer le mauvais sort.

Mariage avec tambours et trompettes

Dès dimanche, le prince Victor épousera « l'ange » qui l'a libéré de la tour aux tourments : Cendrillon. Pareil exploit ne s'est jamais vu auparavant (prouesse traditionnellement réservée aux preux chevaliers). Cendrillon est plus que la dulcinée du fils du roi, elle est un être d'exception, digne des plus hautes distinctions.

— Blablabla… et quoi encore, chipote Verrue-Lente en posant le journal. À présent, je vais rendre une petite visite à Cendrillon pour collecter mon dû.

Une appréhension la tenaille. Pourvu que la SSSSSS, son association professionnelle, n'apprenne pas son implication dans cette histoire qui se dénoue un peu trop bien...

Un son ténu perturbe la sorcière.

« Critch... Critch... »

Installée à son pupitre, la langue sortie, Barbe-à-Rat écrit. La pointe de sa plume de buse égratigne un parchemin. En demi-cercle derrière l'encrier, Escogriffe, le chat, écornifle, sans ciller.

— Qu'est-ce que tu gribouilles ? jette Verrue-Lente.

— Ta biographie, rétorque sa nièce.

Enraiement radical du ton sarcastique.

— Elle est truffée d'anecdotes, ta bio, reprend Barbe-à-Rat. Toutes ces histoires où tu as joué un rôle... Je ne sais plus quel titre donner à certains épisodes. Le dernier, par exemple. *Cendrillon ? La Belle et la Bête ?* L'essentiel est invisible pour les yeux ?

Verrue-Lente hausse une épaule.

— Avec les humains, c'est toujours le même baratin. L'amour, l'amour, toujours l'amour, déplore-t-elle en froissant le journal pour le bazarder dans le foyer.

Barbe-à-Rat contemple longuement sa plume, puis, l'œil narquois, elle dit :

— Tu sais quoi ?

Verrue-Lente dodeline un non, préoccupée à l'idée de passer sur le gril d'un comité d'enquête. Penchée au-dessus de l'âtre, elle tisonne nerveusement le feu.

— J'ai déjà soumis quelques cahiers de ta biographie au Haut Conseil de la sorcellerie, balance Barbe-à-Rat comme un boulet de canon.

Les reins bloqués à 90 degrés, Verrue-Lente reste courbée au-dessus du brasier.

Paisiblement, Barbe-à-Rat poursuit :

— De par l'originalité de tes interventions, toi aussi, tante Verrue, tu a été déclarée un être d'exception, digne des plus hautes distinctions. Non seulement on te réhabilite, mais

on te qualifie de « personnalité de l'an-
née ». Je ne voulais pas te le dire, mais
une fête est organisée. Tu y seras ho-
norée par le biais d'un éloge particu-
lier qu'on appelle, je crois, un « bien
cuit ».

Bruit de chute, suivi d'une flam-
bée monumentale et de grésillements
malodorants.

Escogriffe bondit en miaulant.

Barbe-à-Rat le rattrape par la
queue.

— C'est rien, minou. Tante Verrue
pratique son « bien cuit » !

Table des chapitres

Chansons/Auteurs :

Le Joyeux Promeneur
  (*Frank Weir/Henri Rene*)

Milord (*Georges Moustaki*)

J't'aime comme un fou
(*Robert Charlebois*)

Moi, mes souliers (*Félix Leclerc*)

Collection Papillon

AGMV Marquis

MEMBRE DU GROUPE SCABRINI

Québec, Canada
2001